COLLECTION VICTOR MARGUERITTE

TABLEAUX

ANCIENS & MODERNES

Mᵉ Georges **TIXIER**
Commissaire-Priseur

Mᵉ Max **BINE**
Expert

TABLEAUX

Anciens & Modernes

ESQUISSES & ÉTUDES

DES

ÉCOLES ANGLAISE, ESPAGNOLE,

ITALIENNE, HOLLANDAISE & FRANÇAISE

DES XVIe, XVIIe, XVIIIe ET XIXe SIÈCLES

CATALOGUE

DE

TABLEAUX
ANCIENS & MODERNES

DES

ÉCOLES ANGLAISE, ESPAGNOLE, ITALIENNE, HOLLANDAISE & FRANÇAISE

DES XVIᵉ, XVIIᵉ, XVIIIᵉ ET XIXᵉ SIÈCLES

par ou attribués à

BONINGTON, LE CARAVAGE, J.-B. COURTIN, CICÉRI, COROT, COUTURE,
COURBET, CALS, DAVID, DECAMPS, E. DEVERIA, E. DELACROIX,
N. DIAZ, DAUBIGNY, DUPRÉ, FANTIN-LATOUR, GREUZE, BARON GÉRARD,
GÉRICAULT, LUCA GIORDANO, INGRES, E. ISABEY, LEBRUN,
JONGKIND, LÉPINE, N. MAAS, MURILLO, MILLET,
G. MICHEL, MONTICELLI, G. NETSCHER, TH. PHILLIPS, P.-P. PROUDHON,
TH. ROUSSEAU, ROQUEPLAN, SCHALL, TROYON, W. TURNER,
WATELET, PH. WOUVERMAN, ZIEM.

dont la Vente aux enchères publiques aura lieu

HOTEL DROUOT — SALLE Nᵒ I
LE JEUDI 2 AVRIL 1914
à 3 heures 1/2

COMMISSAIRE-PRISEUR	EXPERT
Mᵉ Georges TIXIER	**M. Max BINE**
45, rue de la Chaussée-d'Antin	17, rue Victor-Massé

EXPOSITIONS

PARTICULIÈRE : *le Mercredi 1ᵉʳ Avril, de 1 h. 1/2 à 6 h. 1/2.*
PUBLIQUE : *le Jeudi 2 Avril* (jour de la vente), *de 1 h. 1/2 à 3 h. 1/2.*

CONDITIONS DE LA VENTE

———

Elle sera faite au comptant.

Les adjudicataires paieront *dix pour cent* en sus des enchères.

Paris. — Imprimerie FRAZIER-SOYE, 153-155, rue Montmartre

DÉSIGNATION

BONINGTON

(R.-P.-B.)

1801-1828

1 — *Portrait de l'acteur Kemble, dans Hamlet, d'après Lawrence.*

> Signé en bas, à gauche : *R. P. B.*
> Cadre à canaux ancien.
> Papier maroufé sur toile.
>
> Haut., 44 cent. ; larg., 28 cent.

2 — *Matin de brume.*

> Signé en bas, à gauche : *B.*
> Cadre Louis XVI ancien.
> Toile. Haut., 22 cent. ; larg., 28 cent.

BONINGTON
(Attribué à)

3 — *Paysage Marin.*

>   Porte en bas, à gauche, une étiquette ancienne avec l'attribu-
> tion : *Bonington*.
>   Cadre à canaux ancien.

> Toile. Haut., 54 cent. ; larg., 64 cent.

4 — *Fortin au bord de la Mer.*

>   Papier marouflé sur toile.
>   Cadre à canaux ancien.

> Haut., 17 cent. ; larg. 30 cent.

M. A. AMERIGHI, dit LE CARAVAGE
(Attribué à)
1569-1609

5 — *Pâtre jouant de la flûte.*

>   Cadre ancien en bois doré et gravé.

> Toile. Haut., 90 cent. ; larg., 77 cent.

BONINGTON
(école de)

1 — Paysage Marin

[illegible]
Toile à cadre ancien.

Toile. Hauteur [illegible], largeur [illegible]

? — Portin au bord de la Mer

[illegible]
Toile [illegible]

Toile. Hauteur [illegible], largeur [illegible]

M. A. AMERIGHI, dit LE CARAVAGE
(Michel-Ange)
1569-1609

? — Pâtre jouant de la flûte

[illegible]

Toile. Hauteur [illegible], largeur [illegible]

N° 2.

N° 49.

COURTIN

(J.-B.)

1672-1752

6 — *Le Galant Pêcheur.*

Gravé par J. Haussard.

Avec ce quatrain :

> Par vos amusements discrets
> Et l'innocence de vos jeux,
> De ce barbon trop soucieux
> Calmez, jeunesses, les soupçons inquiets.

Cadre ancien en bois sculpté et doré.

Toile. Haut., 71 cent.; larg., 58 cent.

CICERI

(P.-L.-C.)

1782-1868

7 — *Petit paysage d'Italie.*

Cadre ancien.

Panneau. Haut., 12 cent.; larg., 17 cent.

COROT

(J.-B.)

1796-1875

8 — *Paysage d'Italie*

Peint vers 1826, signé en bas, à droite, et dédicacé au dos
« A l'ami Court ».

Carton. Haut., 25 cent.; larg., 37 cent.

9 — *Étang avec bufles.*

Signé en bas, à gauche.
Cadre à canaux ancien.

Toile. Haut., 17 cent.; larg., 28 cent.

10 — *Bacchante.*

Peint vers 1844.
Cadre à canaux ancien.

Toile. Haut., 45 cent.; larg., 36 cent.

COUTURE

(Thomas)

1815-1879

11 — *Nymphe et Berger.*

Esquisse sur panneau.

Haut., 26 cent.; larg., 20 cent.

COROT

Vendôme d'Italie

COUTURE

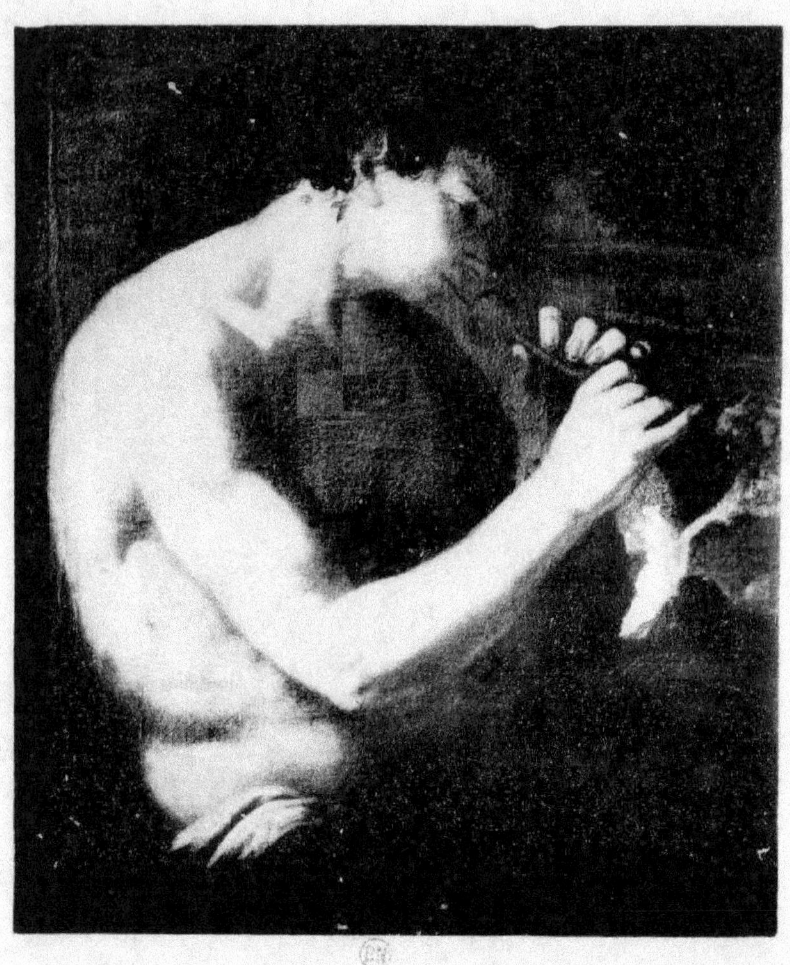

Nº 5.

COURBET

(Gustave)

1819-1877

12 — *L'Escaut à Anvers.*

Signé en bas, à gauche : *C.*, et daté : *Anvers 1872.*
Cadre à canaux ancien.

Toile. Haut., 24 cent. ; larg., 32 cent.

13 — *Plage.*

Préparation pour peinture.
Papier collé sur toile.

Haut., 35 cent. ; larg., 48 cent.

CALS

(A.-F.)

1810-1880

14 — *Tête d'homme.*

Étude.
Papier collé sur toile.

Haut., 41 cent. ; larg., 28 cent.

DAVID

1748-1825

15 — *Portrait de moine.*

Ce beau portrait, d'époque intermédiaire entre la première et
la seconde manière du Maître, offre, par sa transition des glacis à
la touche plate, un précieux document d'art.

Peint vers 1789.

Toile ovale. Haut., 60 cent. ; larg., 50 cent.

DAVID

(Atelier de)

16 — *Portrait d'un jeune officier.*

Cette esquisse, si brillamment enlevée, semble pouvoir être
attribuée au baron Gros ou au baron Gérard.

Peint entre 1810 et 1815.

Cadre Empire.

Toile. Haut., 66 cent. ; larg., 63 cent.

17 — *Portrait d'Homme.*

Cette puissante étude, qui fait penser au faire du Maître lui-
même, est peinte sur papier.

Panneau parqueté. Haut., 39 cent. ; larg., 30 cent.

DAVID

Portrait de ...

DAVID
(Atelier de)

Portrait d'un jeune officier

Portrait d'Homme

Nº 6.

N° 9.

N° 64.

DECAMPS
(G.-M.)
1809-1860

18 — *Chasse au lion.*

Cette toile vraiment puissante est une des plus remarquables compositions du maitre.

Signé : *D. C.*, en bas, à gauche.

Toile. Haut., 87 cent.; larg., 130 cent.

19 — *Esquisse de Vercingétorix.*

Panneau. Haut., 14 cent.; larg., 24 cent.

DEVERIA
(Eugène)
1805-1865

20 — *Le bouffon et le chien.*

(La naissance d'Henri IV. Louvre)

Signé en bas, à gauche.

Toile. Haut., 27 cent.; larg., 35 cent.

DELACROIX

(Eugène)

(Attribué à)

1798-1863

21 — *Le Triomphe de Marie de Médicis.*

Esquisse d'après Rubens.

Panneau. Haut., 20 cent.; larg., 16 cent.

DIAZ

(N.)

1807-1876

22 — *Nymphes.*

Esquisse signée en bas, à gauche.

Panneau. Haut., 18 cent.; larg., 24 cent.

23 — *Le Braconnier.*

Esquisse signée en bas et à gauche.

Carton. Haut., 27 cent.; larg., 18 cent.

DELACROIX

(Eugène)

1798-1863

21 — *Le Triomphe de Marie de Médicis*

Esquisse d'après Rubens.

Panneau. Haut., 28 centimètres; largeur...

DIAZ

(N.)

1808-1876

22 — *Nymphes*

...signée en bas à gauche.

Panneau. Haut...

23 — *Le Braconnier*

Esquisse signée en bas à ... Panneau.

...Haut., ... cent.; largeur, 18 cent.

N° 62.

N° 63.

DAUBIGNY
(C.-F.)
1817-1878

24 — *Étude de Ferme.*

Signée en bas, à gauche.

Cadre à canaux ancien,

Toile. Haut., 20 cent.; larg., 27 cent.

25 — *Étude de Rivière.*

Signée en bas, à droite.

Panneau. Haut., 19 cent.; larg., 35 cent.

DUPRÉ
(Jules)
1811-1889

26 — *Mare.*

Esquisse signée en bas, à droite.

Panneau. Haut., 19 cent.; larg., 24 cent.

ÉCOLE ANGLAISE

Fin du xviiie siècle

27 — *Portrait de Fillette.*

Toile. Haut., 50 cent.; larg., 38 cent.

ÉCOLE ESPAGNOLE

xvie siècle

28 — *Grisaille.*

Attribué à MURILLO

Papier marouflé sur toile.

Haut., 50 cent.; larg., 33 cent.

ÉCOLE FRANÇAISE

xviiie siècle

29 — *L'Homme au gilet rouge.*

Toile. Haut., 58 cent.; larg., 48 cent.

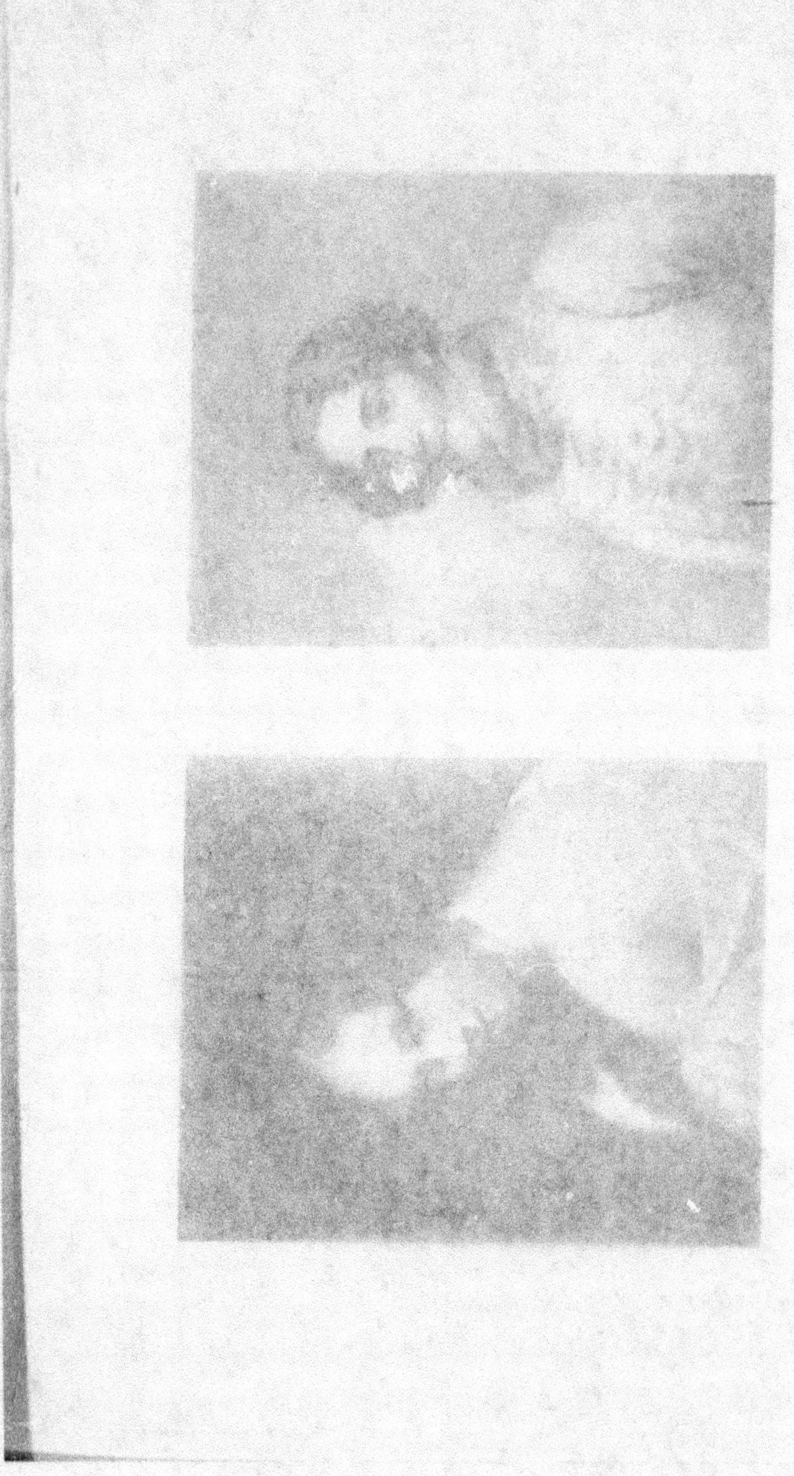

ECOLE ANGLAISE

ECOLE ESPAGNOLE

XVIIᵉ siècle

Grisaille.

Attribué à MURILLO

Papier maroufflé sur toile.

ECOLE FRANÇAISE

39 — *L'Homme au gilet rouge.*

No 3

No 4

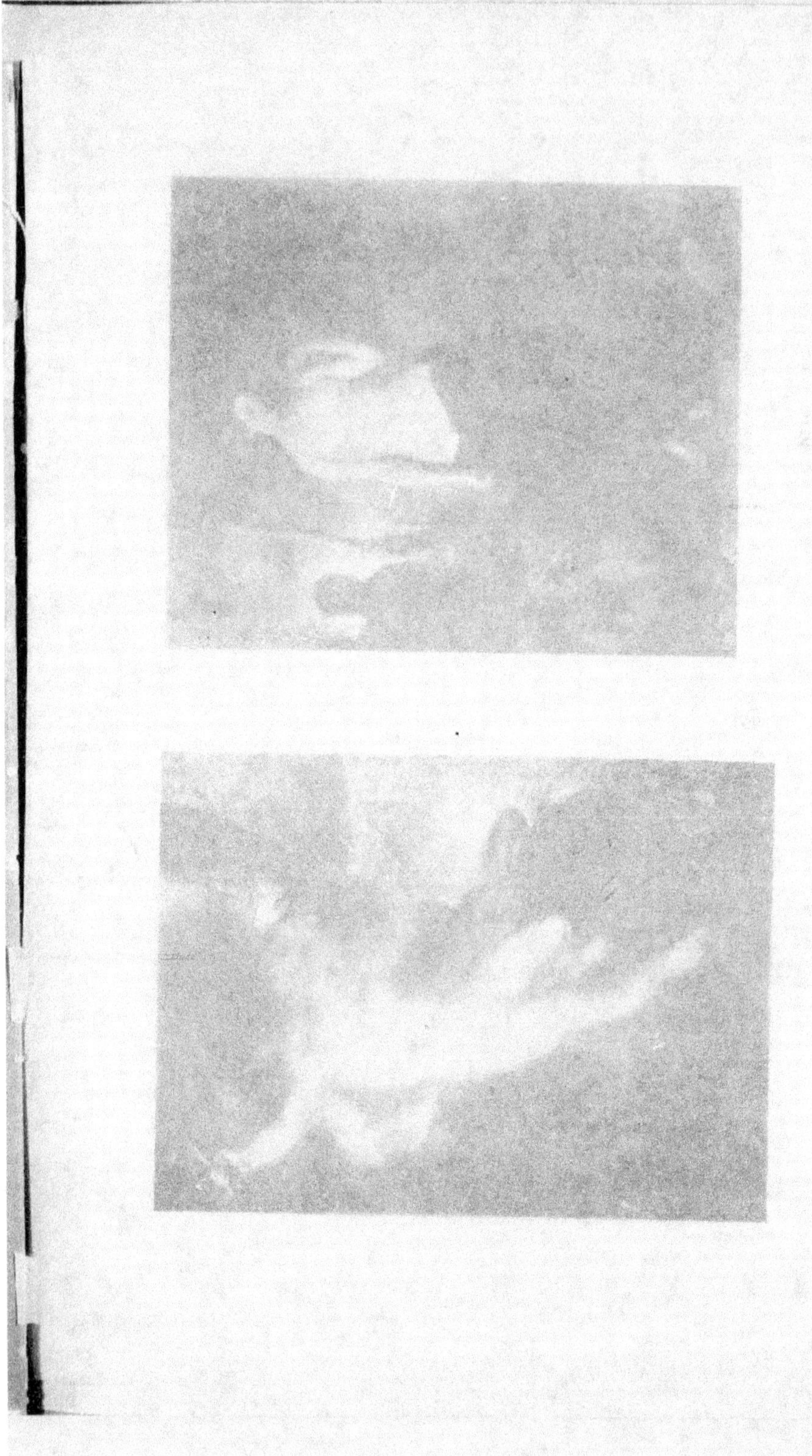

N° 10.

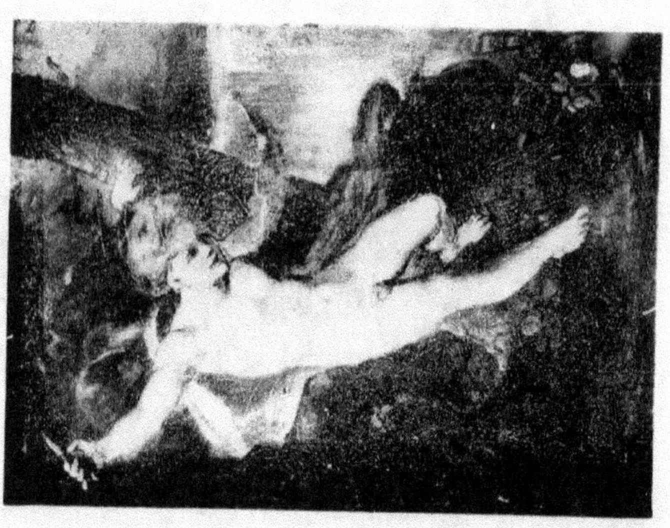

N° 61.

ÉCOLE FRANÇAISE

1830

30 — *Fleurs.*

Toile. Haut., 19 cent.; larg., 24 cent.

31 — *Paysage d'automne.*

Toile. Haut., 30 cent.; larg., 45 cent.

ÉCOLE FRANÇAISE

Seconde moitié du XIXᵉ siècle

32 — *Panier avec pêches et prunes.*

Peint entre 1850 et 1860.
Cadre ancien.

Toile. Haut., 38 cent.; larg., 55 cent.

33 — *Une Rue à Paris.*

Saint-Nicolas-du-Chardonnet avant la construction du boulevard Saint-Germain.

Panneau. Haut., 32 cent.; larg., 26 cent.

ÉCOLE FRANÇAISE

Seconde moitié du xixe siècle

(Suite)

34 — *Jeune mendiant en habit bleu.*

Manière de *Millet.*

Toile. Haut., 58 cent.; larg., 35 cent.

35 — *Lac Italien.*

Cette claire peinture porte en bas, à droite, avant la date, une signature (ou une mention) illisible.

Daté : *1885.*

Toile. Haut., 33 cent.; larg., 22 cent.

ÉCOLE HOLLANDAISE

xviie siècle

36 — *Chevaux et Maquignons.*

Cadre italien ancien en bois doré.

Toile. Haut., 23 cent.; larg., 30 cent.

Jeune mendiant en haillons bleus.

Manière de Millet

Jeune mendiant en haillons bleus, *haut., 55 cent.*

La Balieu

Genre d'une peinture, portée en bas à droite, ayant la date avec
la nature sous une signature grifbollée.

Toile. 0,50c.

Toile, haut., ajouté ; larg., 45 cent.

ÉCOLE HOLLANDAISE

ÉCOLE ITALIENNE
xive siècle

37 — *La Vierge et l'Enfant.*

Cadre du xvie siècle redoré.

Panneau. Haut., 30 cent.; larg., 24 cent.

ECOLE ITALIENNE
xvie siècle

38 — *Portrait du peintre Raphaël.*

Portrait de l'époque, portant l'inscription : RHAFAELO URBINAT., fragment ayant figuré à l'Expozitione Raffaellesca d'Urbino 1897.

Cadre ancien.

Toile collée sur un ancien panneau.

Haut., 10 cent.; larg., 12 cent.

39 — *Tête de Saint.*

Baguette ancienne.

Panneau. Haut., 17 cent.; larg., 27 cent.

40 — *Portrait de Prélat.*

Cadre d'époque, en bois peint et doré.

École bolonaise.

En haut à gauche, blason surmonté du chapeau cardinalice.

Haut., 60 cent.; larg., 48 cent.

FANTIN-LATOUR
1856-1902

41 — *Tête d'Enfant.*

Étude signée *F.*

Panneau. Haut., 18 cent.; larg., 12 cent.

FANTIN-LATOUR
(Attribué à)

42 — *La Danse.*

Esquisse.

Cadre ancien à feuille d'acanthe.

Toile. Haut., 35 cent.; larg., 27 cent.

GREUZE
(Attribué à)
1725-1805

43 — *La Douleur.*

Dans le tableau définitif, une draperie, dont on voit le mouvement cherché dans cette esquisse, couvre l'épaule gauche.

Cadre Louis XVI ancien, en bois doré.

Toile. Haut., 47 cent.; larg., 38 cent.

FANTIN-LATOUR

GREUZE

Nº 47.

BARON GÉRARD
1770-1837

44 — *Portrait de jeune fille.*

> Cadre d'époque, doré.
>
> Signé en haut, à droite : *Gérard 1821.*
>
> Toile. Haut., 54 cent.; larg., 46 cent.

GÉRICAULT
(Attribué à)
1791-1824

45 — *Esquisse du Radeau de la Méduse.*

> Cette esquisse présente, avec le tableau définitif, quelques variantes, notamment le personnage qui s'accroche, à droite, à l'homme appuyé sur le tonneau et agitant un linge, est, dans le tableau, tête nue, alors qu'il porte, dans l'esquisse, une coiffure rouge, etc.
>
> Cadre à canaux ancien.
>
> Toile. Haut., 41 cent. ; larg., 60 cent.

LUCA GIORDANO
(Attribué à)
1692-1705

46 — *Jupiter et Sémélé.*

> Attribution et rentoilage anciens.
>
> Haut., 30 cent.; larg., 40 cent.

INGRES

1780-1865

47 — *Portrait de jeune homme lisant.*

Vers 1805.

Cadre d'époque bois doré.

Toile ovale. Haut., 73 cent.; larg., 60 cent.

ISABEY

(Eugène)

1809-1886

48 — *La Visite du port de Dieppe.*

Peint vers 1826.

Cadre à canaux ancien.

Toile. Haut., 41 cent.; larg., 63 cent.

JONGKIND

49 — *Paysage d'Hiver.*

Porte en bas, à gauche, de la main du maître :

Boulevard Montparnasse 1870.

Panneau. Haut., 19 cent.; larg., 24 cent.

47 -

ISABEY

48   La Visite du port de Dieppe

49

Nº 32.

LEBRUN

(Attribué à)

1619-1690

50 — *Portrait d'homme, XVIIe siècle.*

Baguette ancienne.

Toile. Haut., 60 cent. ; larg., 50 cent.

LEPINE

(St.)

1835-1892

51 — *Vue de Chinon.*

Signé en bas, à gauche.

Toile. Haut., 26 cent. ; larg., 38 cent.

MAAS

(N.)

1620-1664

52 — *Pâtre assis.*

Signé au centre en bas.

Cadre Louis XVI ancien en bois doré.

Toile. Haut., 63 cent. ; larg., 50 cent.

MILLET

(J.-F.)

1814-1875

53 — *Portrait d'Homme*.

Peint en 1842. — Vente *Calabresi*.

Cadre à canaux ancien.

Toile. Haut., 71 cent.; larg., 51 cent.

MILLET

(Attribué à J.-F.)

54 — *Les Dénicheuses d'oiseaux*.

Peint dans la première manière du maître, « blonde et fleurie »
(H. Marcel).

Cadre à canaux ancien.

Carton. Haut., 25 cent.; larg., 43 cent.

55 — *Petite tête de Paysanne*.

Collection Jean Dolent.

Toile. Haut., 26 cent.; larg. 20 cent.

Nº 53.

MICHEL
(G.)

1763-1843

56 — *Moulin au bord de la Loire.*

Signé en bas, à gauche.

Carton. Haut., 30 cent.; larg. 39 cent.

MONTICELLI
(Attribué à)

1824-1886

57 — *Rue au clair de lune.*

Cadre à feuille d'achante ancien.

Panneau. Haut., 45 cent.; larg., 57 cent.

NETSCHER
(Gaspard)

1670-1722

58 — *Portrait de sa femme et de son fils Constantin.*

Ces deux personnages figurent, dans une autre attitude, dans le tableau « Le peintre Gaspard Netscher et sa famille », Musée des Uffizi, Florence.

Cadre ancien bois doré et sculpté.

Toile. Haut., 44 cent.; larg., 36 cent.

PHILIPPS
(Thomas)
17..-1845

59 — *Portrait d'un jeune Gentleman.*

> Peint vers 1835 par ce maître portraitiste de la gentry, émule
> de Lawrence.

> Toile. Haut., 78 cent.; larg., 65 cent.

PRUD'HON
(P.-P.)
1760-1823

60 — *Portrait de jeune Homme.*

> Peint vers 1821 ou 1822.
>
> Cadre d'époque.
>
> Signé en bas, à gauche.

> Toile. Haut., 61 cent.; larg., 50 cent.

61 — *Esquisse du " Zéphyre se balançant sur l'eau ".*

> On distingue sur cette esquisse, dont un nettoyage a légère-
> ment endommagé les glacis du fond, la recherche d'une autre
> disposition du voile.
>
> Gravé par Grévedon.
>
> Cadre à canaux ancien.

> Toile. Haut., 32 cent.; larg., 24 cent.

PHILIPPS

— *Portrait d'un* ...

... de la vente.

Toile. Haut... larg...

PRUD'HON
(Pierre)
(1758-1823)

— *Portrait de jeune Homme.*

Peint à ... en 18..

...

...signé à gauche.

Toile. Haut...

— *Esquisse du « Zéphyre se balançant sur l'eau »*

...

Gravé par Grevedon.

...

Toile. Haut...

Nº 54.

Nº 66.

REMBRANDT

(École de)

62 — *Petit portrait de femme.*

Cadre ancien.

Panneau. Haut., 13 cent.; larg., 11 cent.

ROQUEPLAN

(Camille)

1802-1855

63 — *La Barque.*

Baguette d'époque.

Toile. Haut., 38 cent.; larg., 59 cent.

ROUSSEAU

(Th.)

1812-1867

64 — *Paysage avec animaux.*

Le même tableau, peint d'un autre point de vue, figure à la collection Thomy-Thiéry.

Signé en bas, à droite.

Panneau. Haut., 19 cent.; larg., 24 cent.

SCHALL

(Attribué à)

65 — *Cupidon enlevant une épine du pied de Vénus.*

Cadre ancien en bois sculpté et doré.

Toile. Haut., 32 cent.; larg., 24 cent.

TROYON

(C.)

1810-1865

66 — *Étude pour le Retour des Champs (Louvre).*

Ce tableau a figuré, en avril 1861, à la vente après décès du peintre de paysages *Jules Coignet* (1798-1860) ami de *Troyon*. Vendu comme un Jules Coignet sous le n° 167 et la dénomination : « Chemin sableux avec bouleaux, Fontainebleau ».

Cadre à canaux ancien.

Sous l'étiquette enlevée on peut lire, en bas, à gauche, dans la pâte, la signature *C. Troyon.*

Haut., 25 cent.; larg. 38 cent.

Nº 59.

N° 58.

TURNER

(Sir William)

(Attribué à)

1775-1851

67 — *Esquisse de « Didon fondant Carthage ».*

Cette esquisse si fougueusement jetée, diffère sur certains points du célèbre tableau original peint en 1815 et conservé à la Galerie Turner, à Londres. Pas de flottille au bas de l'escalier de droite, très simplifié ; point de soleil visible, et à droite plus de galères que n'en représente le tableau.

Toile. Haut., 30 cent.; larg., 45 cent.

WATELET

68 — *Paysage.*

Signé en bas, à gauche.

Toile. Haut., 24 cent.; larg., 32 cent.

WOUVERMAN

(Ph.)

1619-1668

69 — *Le Déchargement des Bateaux.*

Monogramme *W* sur le sac, à droite.

Cadre Louis XIV ancien.

Panneau. Haut., 36 cent.; larg. 49 cent.

ZIEM

70 — *Vue de Venise.*

Esquisse ancienne.

Panneau. Haut., 14 cent.; larg. 15 cent.

Les Arts

LA COLLECTION VICTOR MARGUERITTE

La collection de tableaux anciens et modernes, dont Victor Margueritte se défait, et qui passera en vente publique après-demain jeudi, à l'Hôtel Drouot, n'a pas été constituée dans un but de spéculation, et c'est, aux yeux des véritables amateurs, ce qui en fait la qualité rare. L'éminent romancier, au cours de ses voyages, de ses recherches chez les antiquaires de tous pays, a déniché d'admirables morceaux de peinture, qu'il acquérait pour son plaisir d'artiste, et pour celui de ses amis accueillis en sa délicieuse et paisible retraite de Passy. Victor Margueritte n'est pas un « spécialiste », un maniaque de telle ou telle époque ou école. Il est l' « honnête homme », fin, aux yeux clairs, au goût sûr, qui adorait les figures de Corot avant qu'elles ne fussent mises à la mode, et que la trouvaille d'un lumineux Bonington comblait de joie, sans qu'il se souciât de la valeur marchande d'un tel joyau.

Il se trouve aujourd'hui, alors qu'il vend sa collection, que ces perles, les Corot, les Bonington, les Delacroix, les Millet, les Prudhon (je cite au hasard), ont monté à des prix fort élevés. Ma foi ! tant mieux. Le délicat amateur sera récompensé de son flair.

Cette collection, dont l'élite des connaisseurs va se disputer, jeudi, les pièces, est d'un éclectisme parfait. L'école française y domine, avec des pièces de haut choix : la *Chasse au lion*, de Decamps, est un chef-d'œuvre ; la *Tête de moine*, de David, d'un puissant réalisme ; le *Jeune homme lisant*, d'Ingres, exquis, à l'égal de *Mme Rivière* et de la *Belle Zélie*.

Et je signalerai encore une esquisse du *Radeau de la Méduse*, qui ravira les admirateurs de Géricault.

Mais, à côté de ces beaux maîtres de chez nous, voici un Caravage, un Luca Giordano, un Phillips, un Wouwermans, une grisaille attribuée modestement à Murillo, et qui peut être du maître de Séville ; des toiles hollandaises, espagnoles, italiennes, etc.

A ceux qui se demanderaient « de quel droit » un homme de lettres, même éminent, peut ainsi s'y connaître en art ancien, je répondrai : « Avez-vous lu le *Carpeaux* de Victor Margueritte ? Vous y constaterez que l'auteur de tant de romans appréciés du lecteur français est, quand il lui plaît, un historien d'art sensible et merveilleusement renseigné.

Il y a, dans la collection Margueritte, des œuvres dignes des galeries les plus hermétiques, et dignes des musées.

Louis Vauxcelles.

Voici la liste des peintres qui forment le fond de cette collection :

Bonington, Le Caravage, J.-B. Courtin, Cals, Ciceri, Corot, Couture, Courbet, David, Decamps, Devéria, Delacroix, Diaz, Daubigny, Dupré, Fantin-Latour, Greuze, baron Gérard, Géricault, Luca Giordano, Ingres, Isabey, Lebrun, Jongkind, Lépine, Maes, Murillo, Millet, Georges Michel, Monticelli, Netscher, Phillips, Prudhon, Th. Rousseau, Roqueplan, Scall, Troyon, Turner, Watelet, Wouwermans, Ziem.

par M. l'abbé Sertillanges ; samedi 4 avril, l'expansion de la France, *Le règne de Versailles*, par M. Louis Madelin.

M. Paul Fort à Berlin. — M. Paul Fort, prince des poètes, fera une conférence et lira ses œuvres, le samedi 4 avril, à Berlin, dans la Maison des Architectes.

Les Uns.

LA VILLE

CONSEIL MUNICIPAL

Le temps était doux. Aussi les conseillers municipaux, qui, par 66 voix contre 2, ont refusé le déplacement de leur historique salle des séances, que l'administration voulait transporter dans les sous-sols de la caisse municipale, se seraient-ils joints aux démolisseurs. Ces honorables travailleurs, au nombre de plus de 400, ne sont plus attachés à aucune démolition.

Comme on désire partir au plus vite, il est mis à l'étude une proposition de M. Brunet tendant à préserver ces travailleurs indispensables.

Puis, c'est le défilé des réalions lamentables de la Ville de Paris avec l'Etat ; reconstruction d'un mur du Jardin des Plantes, indiquée avec quelque netteté par M. Paul Fleurot ; — question de l'Ecole des Arts décoratifs, dont on saisit fort mal l'économie telle qu'elle est présentée au Conseil, tout en reconnaissant l'exceptionnelle duplicité des pouvoirs publics. Ce que l'on peut dire, c'est qu'un crédit de plus d'un million se promène désespérément depuis plusieurs années à travers le budget municipal, sans trouver à s'employer, et sans que l'école, en proie aux rats, se reconstruise.

M. Badini-Jourdain, pour se signaler, a touché à l'affichage électoral et aux panneaux électoraux. Il est de ces juristes qui, méprisant la loi républicaine, dédaignent de la lire, ce qui leur permet des commentaires peu ordinaires. A la lecture du texte lui-même, présenté par M. Aubanel, secrétaire général de la préfecture, et par quelques conseillers, le sens se modifie. Aussi le Conseil, mieux éclairé, adopte-t-il l'amendement de M. Dormoy tendant à faire prendre par l'administration les mesures nécessaire pour que chaque candidat ait à sa disposition le nombre maximum d'emplacements prévus par la loi.

A cinq heures, en plein soleil, tout le monde s'en va.

Léon Maillard.

AU GRAND PALAIS

Le Concours Hippique

Le **Prix des Régiments**, qui a été couru hier, au Grand-Palais, a fait salle comble ; c'est une des belles épreuves du Concours, et, comme ce sont les officiers qui y prennent part, les tribunes sont au grand complet.

Les courses ont été excellentes et font honneur aux officiers qui y ont pris part. Elles ont prouvé à certains cavaliers que l'équitation de chasse n'est pas une équitation « à tombe ouverte », allant à l'aventure et où la vie du cavalier et du cheval

Victor . Margueritte

Collection VICTOR MARGUERITTE

TABLEAUX
ANCIENS ET MODERNES

Carte d'Entrée à l'Exposition Particulière

HOTEL DROUOT, SALLE N° 1

le Mercredi 1er Avril, de 1 h. 1/2 à 6 h. 1/2

Mᵉ **GEORGES TIXIER**
COMMISSAIRE-PRISEUR
45, rue de la Chaussée-d'Antin

M. **MAX BINE**
EXPERT
17, rue Victor-Massé

RED. :

24

graphicom

0 1 2 3 4 5 6 7 8 9 10